LA BONAPARTIDE.

POËME.

LA
BONAPARTIDE.

POËME.

A PARIS,

Chez DESENNE, Libraire, palais Egalité, n° 2.

AN VIII.

PRÉFACE.

LE LECTEUR ET L'AUTEUR.

LE LECTEUR.

Un poëme !

L'AUTEUR.

Oui, lecteur, un poëme épique.

LE LECTEUR.

Quel est l'audacieux . . . . ?

L'AUTEUR.

Moi.

LE LECTEUR.

Ton nom?

L'AUTEUR.

Que vous importe?

LE LECTEUR.

Beaucoup. Qui es-tu? Legouvé, Arnault, La-
harpe, Saint-Lambert?

L'AUTEUR.

Non.

LE LECTEUR.

En ce cas je te rends ton ouvrage.

L'AUTEUR.

Quelle barbarie! vous le repoussez sans pitié, et le nom de ces littérateurs vous eût déterminé à l'acheter!

LE LECTEUR.

Sans doute. Leur réputation m'eût garanti l'intérêt de mon argent.

L'AUTEUR.

Daignez du moins regarder le titre.

LE LECTEUR.

Que vois-je? LA BONAPARTIDE. Donne: mais je ne trouve que le premier chant; où sont les autres?

L'AUTEUR.

Ils attendent vos ordres.

LE LECTEUR.

Je comprends. Si l'essai réussit, tu continueras; s'il nous ennuie, tu nous feras grace du reste.

L'AUTEUR.

Voilà le mot.

LE LECTEUR.

Mais comment t'assureras-tu des suffrages?

L'AUTEUR.

Mon libraire est chargé de les recueillir.

LE LECTEUR.

Ton calcul est faux. Que de gens, ainsi que moi, n'acheteront que le titre!

L'AUTEUR.

Eh bien! j'attendrai le jugement du public.

LE LECTEUR.

Tu t'en repentiras; il est souvent capricieux.

L'AUTEUR.

Mais juste tôt ou tard.

LE LECTEUR.

Monsieur ne craint pas la critique!

L'AUTEUR.

Certainement. Celui qui achete un ouvrage peut le lire ou le déchirer: c'est sa propriété.

LE LECTEUR.

Ainsi je puis te faire quelques observations.

L'AUTEUR.

Je vous écoute sans humeur; parlez sans amertume.

LE LECTEUR.

Soit. D'abord quel est ton sujet?

L'AUTEUR.

Les victoires de Bonaparte.

LE LECTEUR.

Quel vaste plan! toutes ses victoires!

L'AUTEUR.

Elles sont nombreuses, j'en conviens, mais rapides; et si le tableau est riche, le cadre est étroit.

LE LECTEUR.

Cela est vrai; mais l'unité d'action est la base du poëme épique.

L'AUTEUR.

Je le sais. L'établissement des Troyens en Italie compose l'action de l'Enéide ; ainsi l'indépendance, la gloire, le bonheur du peuple français , voilà l'unique but du héros que je chante.

LE LECTEUR.

L'unité ne suffit pas, il faut encore que l'action soit grande.....

L'AUTEUR.

Je n'ai qu'à copier.

LE LECTEUR.

Intéressante. . . . .

L'AUTEUR.

Je n'ai qu'à sentir.

LE LECTEUR.

Quelle présomption ! As-tu le génie d'Homere,
la sensibilité de Virgile, la fécondité du Tasse,
ou l'esprit de Voltaire?

L'AUTEUR.

Je n'ai que du courage : j'ai osé.

LE LECTEUR.

Insensé ! sais-tu ce que c'est qu'un poéme épique? c'est la chaîne d'or qui suspend toute la
nature ; c'est un tout qui comprend Dieu et les
hommes. La main d'un écolier peut-elle jamais
faire mouvoir de si grands ressorts ? Un poéme
doit être un chef-d'œuvre; et tu nous présentes
un essai. Après neuf ans de veilles Virgile étoit
mécontent de son ouvrage; et toi . . . . Apprends,
jeune homme, que le Tasse fut huit ans à com-
poser la Jérusalem ; apprends que Voltaire passa vie à nous donner des éditions de la Henriade;
apprends. . . . .   1.

L'AUTEUR.

Ne vous échauffez pas, lecteur; j'ai calculé toutes les difficultés.

LE LECTEUR.

Qui donc a pu t'inspirer l'idée d'une entreprise aussi hardie?

L'AUTEUR.

La reconnoissance.

LE LECTEUR.

Mais qui sera ton guide?

L'AUTEUR.

L'enthousiasme.

LE LECTEUR.

Tu as donc vu Bonaparte?

L'AUTEUR.

Je connois ses actions; c'est assez.

LE LECTEUR.

Puisse l'ouvrage justifier ton audace! Continuons. Je ne vois point l'argument du premier chant.

L'AUTEUR.

J'ai voulu vous laisser le plaisir de la surprise.

LE LECTEUR.

Tu devois te conformer à l'usage.

L'AUTEUR.

C'eût été rassasier les convives avant de les mettre à table.

LE LECTEUR.

N'importe. L'argument.

L'AUTEUR.

Vous le voulez; le voici :

« La campagne d'Italie s'ouvre; Bonaparte pa-
« roît; l'Empereur apprend la perte d'une armée.
« Le Despotisme court implorer les puissances in-
« fernales ; il sort de l'abyme, et vole vers l'Italie.
« L'Eternel a vu la marche des pervers; à sa voix
« un génie va protéger la France ; le Despotisme
« arrive à Milan : il n'étoit plus temps ; Bonaparte
« signoit le traité de Campo-Formio. »

LE LECTEUR.

Je vois que, servile imitateur de Virgile, tu as cru marcher sur ses traces en consacrant les premiers vers à l'exposition du merveilleux.

L'AUTEUR.

Convenez du moins que, sans le merveilleux, point de poème épique.

LE LECTEUR.

Voilà justement l'écueil où viendront échouer tous les auteurs modernes. Le goût repousse également et l'absurdité des prodiges et l'invraisemblance des fictions. Le génie français ne sauroit se plier aux superstitions italiennes, ni aux extravagances anglaises : ne dérobons plus à la religion des ressorts usés depuis long-temps; que la Vierge (*a*) reste dans le ciel, et Junon dans Virgile.

L'AUTEUR.

J'ai prévu vos objections. Aussi baser un merveilleux raisonnable sur des idées reçues chez tous les peuples, tel est le but de mes efforts. Pour peindre dignement une grande nation aux prises avec l'Europe conjurée il falloit mettre en action les puissances surnaturelles qui président

----

(*a*) Le Tasse fait figurer la Vierge dans la Jérusalem délivrée.

a tous les évènements. J'ai cru trouver la solution de ce problême dans le principe caché du bien et du mal. Ainsi un être mal-faisant, luttant sans cesse contre l'harmonie de l'univers, est en opposition avec un être juste, bon, impassible, Dieu enfin. L'un devoit protéger la liberté ; l'autre devoit servir la tyrannie. Le despotisme n'est que son instrument. Ce génie secondaire est l'ame de la coalition, et non un simple personnage allégorique. Ce moyen peut, ce me semble, identifier la fiction à la réalité. Tel est du moins le merveilleux qui doit donner la vie. . . . .

LE LECTEUR.

Ou la mort à ton poéme.

L'AUTEUR.

Vous êtes rassurant, en vérité.

LE LECTEUR.

Ce n'est pas tout. Tu prétends célébrer tous nos triomphes, et tu commences ton poéme à la fin de la premiere campagne d'Italie.

L'AUTEUR.

Vous desirez la paix, et vous êtes fâché d'arriver promptement à Udine.

LE LECTEUR.

Certainement. Tu nous fais prendre une route de traverse ; ne devois-tu pas suivre les traces de la victoire?

L'AUTEUR.

Voici mon excuse; je la trouve dans Homere et Virgile.

LE LECTEUR.

Et dans Voltaire peut-être?

L'AUTEUR.

Oui, monsieur ; ces maîtres de l'art enseignent à leurs disciples de commencer un poeme épique au milieu de l'action, afin de mettre un récit dans la bouche du héros: ainsi Ulysse, Enée, et Henri IV......

LE LECTEUR.

J'entends. Bonaparte nous racontera ses victoires. C'est naturel. Mais, pour rendre ce moyen vraisemblable, il faut trouver des auditeurs qui puissent les ignorer ; et c'est difficile.

L'AUTEUR.

J'irai si loin !

LE LECTEUR.

Où donc?

L'AUTEUR.

En Egypte.

LE LECTEUR.

En Egypte! Es-tu fou? En Egypte! Je n'y tiens plus.

L'AUTEUR.

De grace, écoutez-moi.

LE LECTEUR.

Tu ne me feras jamais entendre raison sur cet article.

L'AUTEUR.

Mes auteurs à la main, je vais vous prouver....

LE LECTEUR.

Qu'il faut que Bonaparte aille en Egypte?

L'AUTEUR.

Certainement. N'avez-vous pas avancé que l'action devoit être intéressante?

LE LECTEUR.

Je le soutiens encore.

L'AUTEUR.

Eh bien! qu'est-ce qui constitue l'intérêt?

LE LECTEUR.

C'est..... c'est.....

L'AUTEUR.

Vous craignez de me donner une arme contre vous : c'est le péril du héros. On admire une belle action; mais on est attendri à l'aspect de l'infortune. L'enthousiasme est le délire de l'imagination, et cette impression est passagere; mais la sensibilité est l'ivresse d'une ame pure, et ce sentiment seul est durable. En effet quel plus beau spectacle que celui d'un grand homme aux prises avec l'adversité! Pourquoi l'Odyssée nous attache-t-il? C'est qu'Ulysse est errant sur les mers. Enée nous arrache des larmes. Pourquoi? Parce-qu'il est malheureux.

LE LECTEUR.

Ainsi tu veux absolument transporter ton héros sur des rives lointaines.

L'AUTEUR.

Je ne puis déguiser la vérité.

LE LECTEUR.

Un poëte n'est point un historien, et tu ne devrois pas nous affliger par le tableau d'une expédition malheureuse.

L'AUTEUR.

Celle des croisades eut le même résultat, et cependant vous lisez le Tasse avec plaisir.

LE LECTEUR.

J'en conviens.

L'AUTEUR.

Laissez-moi donc parler de la conquête de l'Egypte, ou défendez-moi de continuer.

LE LECTEUR.

Ton imagination, je le vois, a été séduite par les merveilles dont cette contrée abonde; aussi n'es-tu plus en état de raisonner. Pour moi, qui suis de sang-froid, je ne vois qu'un seul avantage à ton plan.

L'AUTEUR.

Dieu soit loué! Et lequel, s'il vous plaît?

LE LECTEUR.

Celui de répandre sur l'ouvrage le charme de

la variété. En effet, la différence des climats, le contraste des mœurs, la nouveauté des sites, tout peut concourir à ce but ; mais au moins ne nous fais pas mourir d'ennui en Egypte.

L'AUTEUR.

Je ne vous y laisserai pas long-temps.

LE LECTEUR.

Je respire.

L'AUTEUR.

Ainsi je puis. . . . .

LE LECTEUR.

Doucement. J'ai encore une observation à te faire. Après la paix ne devois-tu pas ramener ton héros ?

L'AUTEUR.

Attendez le second chant.

LE LECTEUR.

Je ne puis te passer une faute si grossiere. Un début doit être brillant. Que pourras-tu dire d'un voyage fait incognito ? Bonaparte arriva de nuit.

L'AUTEUR.

Tant mieux. Ecoutez :

« Que dans Rome un vainqueur, au nom sacré des lois,
« Attelant à son char des peuples ou des rois,
« A leurs yeux éblouis, avec orgueil étale
« D'un retour fastueux la pompe triomphale :
« Bonaparte, échappant à la clarté du jour,
« Va cacher ses lauriers dans les bras de l'amour.
« Véronese, Rubens, Raphael, le Corege,
« Du conquérant français, voilà le seul cortege.
« Il arrive ; et Paris, dans ses heureux remparts,
« Admire en s'éveillant le temple des beaux arts :
« C'est là que, retrouvant la superbe Ausonie,
« L'œil voit de toutes parts respirer le génie. »

LE LECTEUR.

En voilà assez.

L'AUTEUR.

Vous me faites trembler.

LE LECTEUR.

Passons au dénouement.

L'AUTEUR.

C'est la fameuse bataille de Maringo.

LE LECTEUR.

Tu ne sais pas encore quel en sera le fruit ?

L'AUTEUR.

Pardonnez-moi; la paix.

LE LECTEUR.

Il ne doute de rien. Je gage qu'il aura fini son poëme avant de le commencer.

L'AUTEUR.

Il n'est pas difficile de deviner les hautes desti-nées que nous promet le génie de Bonaparte.

« Tout change, tout renaît : aux yeux des nations,
« Il enchaîne à ses pieds l'hydre des factions ;
« Des pouvoirs confondus rétablit l'équilibre ;
« Enseigne à son pays l'art d'être heureux et libre;
« Et, sachant opposer, en semant des bienfaits,
« La digue des vertus au torrent des forfaits,
« Il sonde de l'état la blessure profonde ;
« Et la paix à sa voix tarit les pleurs du monde. »

Prononcez.

LE LECTEUR.

Avant d'entrer dans la carriere, as-tu trouvé un guide éclairé?

L'AUTEUR.

Heureusement. L'amitié seule a soutenu mon vol.

LE LECTEUR.

Il falloit dans son sein laisser croître tes ailes.

L'AUTEUR.

Vous pensez donc. . . . .

LE LECTEUR.

Que tu as besoin de l'indulgence du public.

L'AUTEUR.

Mais enfin quel est votre arrêt?

LE LECTEUR.

Travaille, consulte, efface, et fais mieux.

LA BONAPARTIDE.

CHANT PREMIER.

Homere en traits de feu peint le bouillant Achille;
Et tes vertus, Enée, inspirerent Virgile.
Les siecles tour-à-tour, en récitant leurs vers,
Du bruit de ces deux noms remplissent l'univers.
Emule de la Grece et rivale de Rome,
France, réveille-toi: je chante ce grand homme
Qui, vainqueur de l'Europe, et soumis à tes lois,
Devint l'amour du peuple et la terreur des rois.
Arrête! me dis-tu; quel fol orgueil t'égare?
Dussé-je au fond des mers trouver le sort d'Icare,
J'irai, d'un vol hardi m'élançant jusqu'aux cieux,
Placer ton bienfaiteur au rang des demi-dieux.

Muse sainte, ouvre-moi le temple que la gloire
Sur les débris du monde éleve à leur mémoire.
Que du ciel à mes yeux les fastes soient ouverts:
Tu peux, en m'inspirant, instruire l'univers;
Il t'écoute: apprends-lui quel funeste génie,
Aux vainqueurs de la terre opposant l'anarchie,
A la voix des tyrans, au milieu des tombeaux,

De ma patrie en pleurs a traîné les lambeaux.
Qu'un spectacle plus doux console la nature;
En peignant la vertu que ton pinceau s'épure (1).
C'est à toi de montrer le favori de Mars,
Ce modeste vainqueur des superbes Césars,
D'une main généreuse et par-tout triomphante,
Apportant le bonheur à la France expirante.
Viens, parle : dis comment ce héros dans l'exil
Conquit pour des ingrats les richesses du Nil.
Apprends-nous son retour ; dis comment sa présence
Dans nos murs étonnés ramena l'espérance.
Ose franchir ces monts où le fier Annibal
Trembleroit à l'aspect de son jeune rival (2).
Aux bords de l'Eridan, sur l'aile de la gloire,
Va recevoir la paix des mains de la victoire (3).

La France, après mille ans, s'élançant du tombeau,
Et de la liberté rallumant le flambeau,
Avoit sur les débris du pouvoir despotique ,
A l'ombre de ses lois, fondé la république.
François s'arme contre elle. Il croyoit, roi puissant ,
Etouffer au berceau cet empire naissant (4).
Avide de lauriers l'orgueil court à sa perte;
Du camp des oppresseurs la victoire déserte :
Tout fuit. C'en étoit fait; mais les fiers léopards,
Pressant le vol hardi de l'aigle des Césars,
Des tyrans épuisés alimentent la ligue.

Vienne résiste encor, et l'Angleterre intrigue.
L'airain tonne. A ses pieds foulant l'humanité,
L'esclave ose marcher contre la liberté.
La France triomphante, au milieu de sa gloire
S'arrête, et, descendant de son char de victoire,
Offre encore aux vaincus l'olive de la paix ;
Mais l'orgueil de vingt rois repoussant ses bienfaits
Sonne du haut des monts la trompette guerriere.
Des Alpes et du Rhin franchissant la barriere,
Au sein de leurs états, l'impétueux Français
Court venger cet affront par de nouveaux succès.

L'Océan dans ses bras caressoit l'Italie;
Par la main des beaux arts son amante embellie,
Accusant de ses maux sa funeste beauté,
Insensible à l'amour, pleuroit sa liberté.
« O Caton ! disoit-elle, ombre du plus grand homme,
« Ose enfin contempler l'abaissement de Rome.
« Hélas ! quand tu péris, le superbe César
« Enchaînoit, il est vrai, les Romains à son char ;
« Tu ne comptois du moins que des guerriers pour maîtres :
« Tes enfants aujourd'hui sont esclaves des prêtres
« Et moi, qui fus jadis si féconde en vertus,
« Je foule leurs autels dans les fers abattus.
« Suis-je donc sans espoir captive aux bords du Tibre?
« Non, reprend une voix, tu seras bientôt libre ».

Bonaparte paroît, digne émule de Mars.
On voit sur l'Apennin flotter ses étendards.
Le Franc suit avec joie un chef si jeune encore.
Ainsi l'astre du jour brille dès son aurore.
Chéri de ses soldats, de l'Europe estimé,
Dans l'art des Scipions par l'étude formé,
Déployant tout-à-coup les ailes du génie,
Le héros prend son vol et fond sur l'Ausonie.
Pour guider sa valeur la prudence le suit.
Il attaque, le jour; il médite, la nuit.
Sa main seme, et bientôt moissonne un champ fertile;
C'est Nestor aux conseils; aux combats, c'est Achille.
Indomtable ennemi des rois et du repos,
Il a de ses soldats fait autant de héros.
Il parle : et ces lions s'élançant dans l'arene,
De morts et de débris couvrent au loin la plaine.
Il parle : tout s'arrête; et ces hardis guerriers
Attendent le signal pour cueillir des lauriers.
Tel le Nil, appuyé sur une urne féconde,
Dirige de ses eaux la course vagabonde:
Là, du haut des rochers le flot précipité,
Avec bruit de cascade en cascade emporté,
Tombe, entraîne avec lui dans sa chûte rapide,
Et le cedre orgueilleux, et le roseau timide.
Mais à sa voix le flot sur la roche égaré
Descend en murmurant dans un lit resserré;

Il foule la verdure , et d'un pas plus tranquille
Marche avec majesté dans un valon fertile.

Héritier d'un pouvoir par le temps affermi ,
Jeune voluptueux dans la pourpre endormi,
François deux, à Wurmser confiant son tonnerre,
Armoit contre les Francs une main mercenaire.
Mais sur le foudre éteint bientôt l'aigle tremblant
S'enfuit et tombe aux pieds du monarque indolent :
Il le réveille enfin , et dans Vienne alarmée ,
Annonce par ses cris la perte d'une armée.

Un char étincelant, aussi prompt que l'éclair ,
Traverse tout-à-coup les campagnes de l'air.
On voit l'ambition, l'orgueil, le fanatisme,
Sourire à cet aspect : c'étoit le Despotisme (5).

La vengeance aiguisant le fer des mauvais rois,
Egorgeoit leurs sujets sur le tombeau des lois ,
Quand, fatal avorton des guerres intestines ,
Furieux, il naquit au milieu des ruines.
Nourri dans les combats par la férocité ,
Il déchira le sein qui l'avoit allaité.
Le vol, l'assassinat, le rapt, la violence ,
Furent dès le berceau les jeux de son enfance.
Etouffé d'âge en âge, et toujours renaissant,

Ce colosse s'éleve et croît en vieillissant.
Dans ses vastes états il enchaîne l'Euphrate ;
Il soumet en courant le Mede et le Sarmate ;
Des Perses, à sa voix, Cyrus rive les fers ;
Alexandre à ses pieds fait tomber l'univers (6) :
Recueillant les débris de la grandeur romaine,
Il releve son trône aux rives de la Seine (7).
Exilé tout-à-coup, errant de cour en cour,
Du crime en rugissant il cherche le séjour.
La Prusse le bannit, l'Espagne le méprise ;
Mais, trouvant un asyle aux bords de la Tamise,
Le monstre sur ses eaux contemple avec orgueil
De la grandeur des Francs le redoutable écueil :
C'est là que, sommeillant au milieu des alarmes,
Il se nourrit de meurtre, il s'abreuve de larmes.
Il sourit, et déja, comptant sur des succès,
Il partage aux vainqueurs l'empire des Français.
Soudain la terre tremble, et son trône chancelle :
Il court où la vengeance, où le trépas l'appelle.

Il conduit deux dragons vers le pole entraînés,
Et qu'au joug dès long-temps il avoit façonnés.
Sur un front qu'à l'opprobre il dévoua lui-même
A peine un foible nœud retient le diadême ;
N'importe : il veut regner. Il vole, et sur son char
Contemple autour de lui les merveilles de l'art,

Il s'admire : sa main, en forfaits si féconde,
Y grava son histoire et les malheurs du monde.
Ici des rois cruels, et là des conquérants.
L'univers à sa voix est peuplé de tyrans :
Dix vont régner dans Rome, et trente dans Athene.
Ils ont assassiné Cicéron, Démosthene !
Philippe, viens jouir des pleurs de ton rival (8) ;..
Vois ce peuple si fier qui marchoit ton égal,
Vil esclave aujourd'hui d'un maître sans puissance,
Traîner son déshonneur dans les murs de Bizance.
Quel monarque insensé veut asservir les mers (9) ?
Pour enchaîner les flots il forge ici des fers.
Près de lui quelle femme, usurpant la couronne,
Sur le corps d'un époux éleve Babylone (10) ?
Peuples, consolez-vous, et voyez dans Memphis
Les tyrans de la terre au char de Sésostris.
Le Veser libre encor se plaisoit dans sa course,
Ici, couvert de morts, il remonte à sa source (11).
Plus loin, Sixte à ses pieds foulant les potentats, ·
Au haut du Vatican dispense les états (12).
Là, sonnant dans Paris les vêpres de Sicile,
Médicis sur des morts marche d'un pied tranquille (13).
Le compas à la main, qui fraie au sein des eaux
Une route inconnue à ces frêles vaisseaux ?
C'est Colomb. La valeur sur l'aile du génie
Dans un monde ignoré porte la tyrannie.

Mais le char disparoît. Le monstre en sa fureur
Du vol de ses coursiers accuse la lenteur :
Ils s'élancent bientôt sur la zone torride (14),
Où l'arbre desséché meurt sur un sol aride,
Où l'oiseau vagabond ne plane qu'en tremblant,
Où le tigre altéré foule un sable brûlant.
Rivales du soleil, des flammes souterraines
Embrasent les rochers et calcinent les plaines.
Là, jamais le zéphyr, l'œil humide de pleurs,
De son souffle embaumé ne caressa des fleurs ;
La mort seule y respire, et son haleine impure
A de ses ornements dépouillé la nature.
Au sein de ces déserts une implacable main
Du séjour infernal a creusé le chemin ;
Et le gouffre, au milieu d'une épaisse fumée,
Vomit en gémissant une lave enflammée.
Le Despotisme alors, s'arrêtant dans les airs,
Oublie à cet aspect les maux qu'il a soufferts.
Tel un tigre, échappé de la prison d'un maître,
Retrouve avec transport l'antre qui l'a vu naître.

Il descend. « Vois, dit-il, monarque des enfers,
« Un proscrit accablé sous le poids des revers.
« Dans les murs de Paris ma funeste indolence
« S'enivroit, tu le sais, des larmes de la France.
« Mon orgueil, à la voix du lâche courtisan,

« Bercé par les plaisirs , s'endort sur un volcan.
« Ce peuple d'assassins qui jamais ne sommeille (15)
« S'arme , combat , triomphe ; aussitôt je m'éveille.
« Mon empire n'est plus. Je fuis : la liberté
« Me chasse sans pitié du Louvre épouvanté.
« J'embrase l'univers du feu qui me dévore ;
« Je commande : Albion du couchant à l'aurore
« Court , et l'or à la main marchande des guerriers.
« Achete-t-on la gloire , et vend-on les lauriers ?
« Ah ! du Rhin effrayé j'entends l'onde plaintive
« Accuser en fuyant ma vaillance captive.
« Veuve de ses soldats la Germanie en deuil
« Dans ses champs ravagés pleure sur leur cercueil.
« Tout périt ; et la France , en projets si féconde ,
« D'un torrent de soldats veut inonder le monde.
« Mais toi , laisseras-tu , rival de l'Eternel ,
« Briser impunément mon trône et ton autel?
« Armons-nous , ou bientôt la superbe Ausonie
« Va d'un héros naissant illustrer le génie. »

Il dit : et des enfers le pâle souverain
Blasphême en s'agitant sur son trône d'airain.
Il se tait , pousse un cri ; les ombres en frémissent ,
Et du gouffre ébranlé les cavernes mugissent.
« Tu combattois , dit-il , pour venger ton affront :
« C'est d'un nouveau laurier qu'il faut ceindre ton front.

« Seroit-il des forfaits que je pusse t'apprendre ?

« De la reine du monde interroge la cendre.

« Oui, farouche Brutus, qui t'a précipité

« Du haut du capitole avec la liberté ?

« Ce fut moi qui, prenant son auguste langage,

« De ce peuple de rois déchirai l'héritage.

« Sous ce voile sacré déguisant la terreur,

« Va répandre à ton tour l'épouvante et l'horreur.

« Cours attiser le feu des guerres intestines ;

« Sur la France embrasée entasse les ruines ;

« Egorge ses enfants, et que la cruauté

« Dresse sur leur tombeau ton trône ensanglanté.

« Regne enfin... Mais que vois-je ? un mortel nous arrête,

« Et, du monde étonné méditant la conquête,

« Le superbe vainqueur du Sarde et du Lombard

« Par-tout d'un peuple libre arbore l'étendard !

« Séduis ses compagnons ; que l'attrait du pillage

« Enerve leurs vertus, égare leur courage:

« L'un contre l'autre armés ils vont te couronner;

« C'est par leurs propres mains qu'il faut les enchaîner.

« A Pharsale jadis ne vit-on pas la haine

« Sous les pieds des Romains fouler l'aigle romaine (16)?

« Seme donc la discorde au milieu des guerriers ;

« Que ton souffle empesté flétrisse leurs lauriers ;

« Et bientôt, de la gloire empoisonnant la source,

« Du torrent divisé tu suspendras la course. »

On s'agite ; il se tait : tout l'enfer applaudit,
Et de leurs cris aigus le gouffre retentit.
De la rebellion la trompette fatale
Rassemble les démons sur la rive infernale.
Leur monarque s'avance : il parle ; et les échos
Tour-à-tour en fuyant répéterent ces mots :
« D'un odieux rival immortelles victimes,
« Qui vous enchaîne encore au fond de ces abymes ?
« Partez : contre Dieu même armant les potentats,
« Ravagez l'univers, et peuplez mes états.

Le faux zele aussitôt, la fraude, la licence (19),
Volent sous l'étendard qu'arbore la vengeance.
L'ignorance et l'orgueil marchent à ses côtés ;
La paresse les suit au sein des voluptés ;
Et l'envie, attristée à l'aspect de leurs charmes,
Répand pour les flétrir le venin de ses larmes.
La haine sur ses pas, farouche, l'œil hagard,
Méditant des forfaits, aiguise son poignard.
Tout s'ébranle à sa voix. L'avarice expirante,
Crie : Etanchez, cruels, la soif qui me tourmente ;
Et la guerre, à son char la traînant sur des morts,
Au milieu des débris court chercher des trésors.

Quel colosse, élevant une tête orgueilleuse,
Porte sur l'étendard sa main audacieuse ?

« Au carnage, dit-il, je prétends vous guider;
« Et l'ambition seule ici doit commander.
« Qu'on me suive..... Arrêtez, reprend le fanatisme.
« Tremblez, dit une voix; je suis le Despotisme. »
La discorde, agitant ses serpents dans les airs,
Entre ces trois rivaux partage les enfers.
La cruauté sourit; la rage, ivre de joie,
Déja dans sa pensée a dévoré sa proie.
Mais, se précipitant au-devant de leurs coups,
La politique en deuil leur crie : Où courez-vous ?
« Sans doute il faut un chef; mais chacun prétend l'être :
« Subjuguez l'univers avant d'élire un maître.
« Vous briguez le pouvoir, venez le disputer;
« A force de forfaits il faut le mériter :
« La France vous attend, volez à sa conquête ».
Le calme tout-à-coup succede à la tempête.
Ainsi de l'Océan les flots audacieux
Epouvantent la terre et menacent les cieux;
Mais Neptune paroît : et la vague indocile,
Se brise en écumant contre un roc immobile.

Les démons à l'instant s'élancent dans les airs;
Mais l'Eternel a vu la marche des pervers.

Muse, sors de l'abyme; et que ton œil admire
Du roi de l'univers, et la gloire, et l'empire.

Au milieu des éclairs sur un trône de feu
Moise osa placer la majesté de Dieu :
Sur la nature entiere imprimant sa puissance,
Ses bienfaits aux mortels annoncent sa présence.
L'Eternel est par-tout, et sa fécondité
De merveilles sans fin remplit l'immensité ;
Versant avec la vie un torrent de lumiere,
Il respire ; et son souffle anime la matiere.

Ce globe est à sa voix suspendu dans les airs :
Il éleva les monts, il a creusé les mers.
Toi qu'il fit pour l'aimer, toi son plus bel ouvrage,
Enfant du créateur, offre-lui ton hommage.
Dieu pour guider tes pas alluma son flambeau ;
Pour te désaltérer fit couler un ruisseau ;
Et dans le sein des fleurs plaçant ta nourriture,
Il a pour ton bonheur enrichi la nature.

L'amour est dans son cœur, la foudre est dans ses mains.
« Que faites-vous, dit-il, misérables humains ?
« Je vous donne la paix, vous inventez la guerre ;
« Et vous vous disputez l'empire de la terre !
« Les peuples et les rois enfants de l'Eternel,
« Sont également chers à son cœur paternel.
« Ange, va subjuguer les ligues infernales ;
« En protégeant la France éclaire ses rivales ;

« Désarme la fureur, et, l'olive à la main,
« Du bonheur aux mortels enseigne le chemin :
« Qu'ils soient libres pourtant. Je veux que ma justice
« Pesant les actions récompense ou punisse.
« Cours, va, vole ». Soudain le messager de Dieu
Porte sa volonté sur des ailes de feu,
Et traçant dans sa course un sillon de lumiere,
Des cieux en un instant a franchi la barriere.

Tremblant à son aspect l'enfer s'est prosterné.
Semblable au criminel à la mort condamné,
Qui, relevant son front caché dans la poussiere,
Vomit en expirant sa rage meurtriere ;
Le Despotisme, ainsi réveillant sa fureur,
S'agite. « Eh quoi ! dit-il, une vaine terreur,
« Quand vous brisez vos fers, suffit pour vous abattre !
« Lâches ! votre rival ose-t-il vous combattre ?
« Laisserez-vous encor quelques foibles guerriers
« Moissonner à loisir de faciles lauriers ?
« Devant votre valeur que Bonaparte plie.
« Le temps presse ; courons aux champs de l'Italie :
« Des barbares du nord ce fut là le tombeau ;
« Que l'ange y soit témoin d'un triomphe nouveau. »

On l'écoute, on le suit ; il vole, et, dans sa course,
Du Zéila d'abord il découvre la source.

Il voit en frémissant l'Africain indomté,
Au milieu des forêts, fier de sa liberté.
Il s'élance bientôt aux bords du Saïbare,
Où, fondateur d'un culte et conquérant barbare,
Mahomet, reculant les bornes du pouvoir,
Réunit dans sa main le sceptre et l'encensoir.
Dans les murs de Médine il descend, il s'arrête;
Et, baignant de ses pleurs la cendre du prophete,
Contemple avec respect ce prodige nouveau
Qui dans l'air étonné suspendit son tombeau (18).
Il part : il apperçoit dans un désert immense
Les traces du jardin qu'habita l'innocence.
Eden, qu'est devenu ton séjour enchanté?
Le souffle impur du crime a flétri ta beauté,
Hélas! et tu n'es plus. A cet aspect sauvage
L'enfer en souriant reconnoît son ouvrage.
Les dragons effrayés s'envolent, et soudain
Vont se désaltérer aux rives du Jourdain.
Ils traversent l'Egypte, et leur guide soupire (19);
Un noir pressentiment et l'agite et l'inspire.
La Grece le console. Il voit de toutes parts
Des débris entassés sur le berceau des arts.
Quel spectacle pompeux devant lui se présente?
Ivre de ses succès, Albion triomphante,
Promenant son orgueil sur l'empire des mers,
Faisoit gémir les flots sous le poids de ses fers.....

L'air siffle, l'éclair brille, et la vague écumante
Porte sur les vaisseaux la mort et l'épouvante.
Le gouffre profond s'ouvre, et Neptune irrité
Brisoit de ses tyrans le sceptre ensanglanté :
Mais le monstre paroît, et Thétis est captive.

Aux remparts de Milan le despotisme arrive.
Dans la Crete jadis, après un long sommeil,
Un sage ouvrit les yeux. Quel tableau ! quel réveil (20)!
Il renaît pour pleurer une épouse chérie ;
Ses enfants ne sont plus ; il cherche sa patrie
Au milieu des palais, dans le temple des lois :
Le temps a moissonné les peuples et les rois ;
Tout est changé. Son œil ne peut plus reconnoître
Le champ qu'il a semé, l'arbre qu'il a vu naître.
A l'aspect de Milan, tel le monstre étonné
Fixe sur ses états un regard consterné.
« Mes amis sont en pleurs, le peuple est dans la joie,
« Dit-il, et du Français mon empire est la proie.
« O douleur !..... Je m'égare ; un si grand changement
« Peut-il être en effet l'ouvrage d'un moment ?

« Oui, reprend l'Italie, oui, tremble, je suis libre.
« Tu doutes de ton sort : interroge le Tibre ;
« Sa voix reconnoissante à cent peuples divers
« Raconte avec orgueil ma gloire et tes revers.

« Tombe aux pieds du héros que l'Europe contemple ;
« Le successeur d'un Dieu te donne un grand exemple :
« Braschi n'a point en vain imploré sa pitié ;
« Les peuples et les rois briguent son amitié.
« Le vaincu, recueillant les fruits de la victoire,
« Coule des jours heureux à l'ombre de sa gloire.
« Mais, dédaignant les droits que donne le malheur,
« Ne va pas te flatter d'arrêter le vainqueur.
« S'il éteignit la foudre-au pied du capitole,
« Parcours le Mincio, vois les plaines d'Arcole.
« Calcule tes revers ; ose entrer un moment
« A Lodi, de ta honte éternel monument.
« De ta grandeur enfin vois où sont les vestiges :
« Chaque jour Bonaparte, enfantant des prodiges,
« Sur l'aile de la gloire envahit tes états ;
« La victoire en courant suit à peine ses pas (21).
« Fuis ». Le monstre à ces mots s'envole, et dans sa rage
Ose jurer encor de venger cet outrage.
Il retombe aussitôt : une invisible main
Des campagnes de l'air lui ferme le chemin.
Ce n'est plus qu'en rampant qu'il court au précipice.
Et l'aspect du bonheur commence son supplice.

Quand, pressé par la faim, un barbare vautour
Enleve à l'oiseleur l'objet de son amour,
Il fend l'air ; mais bientôt une fleche homicide

Atteint le ravisseur dans sa course rapide ;
Il tombe. Vainement le timide ramier
Se flatte d'échapper à son bec meurtrier ;
Le vautour irrité le déchire avec joie ,
Et même en expirant dévore encor sa proie.
Ainsi le Despotisme, au milieu des hasards,
Sur la tombe des siens aiguise ses poignards ;
Et, savourant déja le sang de sa victime,
Pour triompher encor médite un nouveau crime.
Le lâche ! il espéroit égorger l'ennemi
Qu'au sein des voluptés il croyoit endormi.

Dans les bras du repos sa fureur vagabonde
Cherche en vain le guerrier qui fait trembler le monde.
De ses brillants succès Bonaparte enivré
Au sentier de l'honneur ne s'est point égaré.
De l'aveugle fortune enchaînant les caprices ,
Sa valeur de Capoue a su fuir les délices.
Dans les champs où jadis le vainqueur des Gaulois
Chez un peuple indomté voulut dicter des lois (22) ;
Dans ces champs où Tibere, armant la tyrannie,
Fit sous le joug romain courber la Germanie ;
C'est là que, suspendant le cours de ses succès,
Aux vaincus étonnés il apportoit la paix :
Et le héros, cueillant une palme plus belle,
Ouvroit aux conquérants une route nouvelle.

La sagesse par-tout conduit ses étendards.
Egalement chéri de Minerve et de Mars,
Il vole dans Udine, et sa main triomphante
A fixé les destins de l'Autriche expirante.
Affranchis désormais, les flots de l'Eridan
N'iront plus lui porter les tributs de Milan (23).
A la voix du vainqueur l'Allemagne agrandie
Va bientôt oublier l'ingrate Lombardie (24) :
On lui cede Venise; et la reine des mers
Pour prix de ses forfaits reçoit enfin des fers (25);
Aux murs du Vatican Rome suspend ses armes;
De la religion la paix tarit les larmes (26).
Celui qui sut domter l'orgueil des potentats
D'un prince malheureux respecte les états (27).
Au milieu de vingt rois il place un peuple libre (28),
Et de l'Europe ainsi rétablit l'équilibre.
Semblable dans sa course au torrent furieux,
Qui, roulant dans ses flots un limon précieux,
Fertilise les champs que sa fureur inonde;
Bonaparte triomphe, et console le monde.

Et vous, venez cueillir, défenseurs de nos lois,
A l'ombre des lauriers le fruit de vos exploits;
Partagez notre amour : la paix est votre ouvrage.
Emules en talents et rivaux en courage,
Massena, Kelermann, Desaix, Klébre, Augereau,

Et toi, sage Berthier, et toi. brave Moreau (29),
Invincibles guerriers que l'univers admire,
Vous soutenez mon vol. Un nouveau feu m'inspire :
Lisant dans l'avenir votre immortalité,
Je cours porter vos noms à la postérité.
Ma Muse impatiente, au temple de mémoire,
Devançant mes rivaux, va graver votre histoire.
Je découvre ses murs, et déja le burin
Imprime ma pensée et fait parler l'airain.
« Arrête, dit le dieu, comment oses-tu peindre
« Des héros que l'Europe apprit long-temps à craindre ?
« Viens sur les bords du Nil : là le vainqueur des rois
« Des favoris de Mars nous dira les exploits ».
Il suffit. Je me tais : enfants de la victoire,
Lui seul peut dignement parler de votre gloire.

FIN DU PREMIER CHANT.

NOTES.

(1) D'ᴀᴜᴛʀᴇs ont peint les horreurs de la révolution, je ne parlerai que des prodiges qu'elle a enfantés. La simplicité, la modération, la décence, voilà les bases de mon poëme. Je ne remuerai point le bourbier de la terreur; la gloire des armées m'occupera tout entier. Il faut enfin que la modération, la reconnoissance, l'amour, succedent à la crainte, à la haine, au désespoir.

(2) Le passage du Saint-Gothart par Bonaparte est un prodige qui étonnera la postérité. Annibal pour franchir les Alpes usa de moyens physiques et lents par leur exécution : quelques heures suffirent au héros français ; des ponts volants jetés avec art au - dessus des precipices faciliterent la communication des roches les plus escarpées. On vit alors pour la premiere fois une armée formidable, une cavalerie imposante, et des trains d'artillerie suspendus pour ainsi dire dans les airs. Les torrents glacés servirent à opérer la descente; et l'armée ennemie doutoit encore de l'entreprise hardie des Français au moment où leurs phalanges inondoient l'Italie.

(3) La bataille de Maringo s'est donnée à peu de distance des rives du Pô, autrefois l'Eridan.

(4) Ce n'est point François II qui s'arma le premier contre la république française, mais Léopold son prédécesseur, qui regna très peu de temps. L'empereur

devant reparoître dans cet ouvrage, on a préféré de nommer François afin d'éviter la confusion. Un poète n'est point un historien, il peut s'écarter de la chronologie : une exactitude trop scrupuleuse nuiroit souvent à la clarté du sujet et à la rapidité de l'action. D'ailleurs il ne s'agit point ici d'actions personnelles à l'empereur, mais de la conduite du cabinet de Vienne.

(5) La tyrannie est le fléau du genre humain : la royauté est un mode de gouvernement. Si je fais un monstre du despotisme, je respecte les monarchies de l'Europe, et je n'ai jamais confondu un prince vertueux avec un lâche tyran.

(6) Les Babyloniens, les Medes, les Perses, et les Grecs, dominerent successivement sur les peuples de la terre.

(7) Au commencement du cinquieme siecle, Pharamond, à la tête d'un peuple aguerri, tantôt allié, tantôt ennemi des Romains, passa le Rhin et se rendit maître de quelques provinces que la décadence de l'empire laissoit au premier occupant; et Clovis, quatrieme de ses successeurs, soumit, en 507, les Gaules, qui prirent le nom de France.

(8) Démosthene, célebre Athénien, s'opposa toujours aux prétentions de Philippe II, roi de Macédoine. L'histoire nous a conservé des traits qui caractérisent la haine de ces deux rivaux.

(9) Xerxès, premier roi de Perse, second fils de Darius.

(10) Sémiramis, reine des Assyriens, célebre par le meurtre de Ninus son mari et la construction des jardins de Babylone, qui passoient pour une des sept merveilles du monde.

(11) Le Veser traverse une partie de la basse Saxe et de la Westphalie. Charlemagne ensanglanta ses ondes en voulant convertir les Saxons. Il ne vint à bout de cette religieuse entreprise qu'après avoir exercé sur ce peuple malheureux les actes de la cruanté la plus inouie, et prodigué pendant trente - trois ans les horreurs de la guerre la plus cruelle : l'intrépide Witikin consentit enfin à se laisser baptiser.

(12) Sixte-Quint, fils de François Peretti, vigneron du village des Grottes : à l'âge de neuf ans il gardoit les pourceaux. Il s'éleva par ses talents, ses intrigues, sa souplesse, au trône pontifical. Ce fut le plus grand politique de son siecle; il fit trembler l'Europe, et fut le tyran des têtes couronnées.

(13) Catherine de Médicis, mere de Charles IX, eut la plus grande part aux massacres de la St.-Barthélemi.

(14) Les théologiens, en admettant l'enfer, n'ont point encore décidé s'il étoit placé au centre de la terre, ainsi que l'a prétendu la théologie paienne : des savants l'ont mis dans le soleil; Voltaire, dans la Henriade, a destiné un globe à son usage. L'auteur de cet essai est allé le chercher sous la zone torride. Si cela n'est pas vrai, c'est du moins vraisemblable.

(15) Il faut conserver aux personnages le caractere qui

leur est propre. Ce passage ne peut donc choquer dans la bouche du despotisme.

(16) Ce fut effectivement la haine et l'ambition qui armerent César contre Pompée son beau-pere.

> Romains contre Romains , parents contre parents,
> Combattoient seulement pour le choix des tyrans.
>   CORNEILLE.

(17) Jusqu'ici les poëtes n'avoient fait qu'une peinture de l'enfer. L'auteur a cru devoir mettre les vices en actions, afin d'animer le tableau. Il étoit nécessaire de donner une idée des passions qui sans cesse ont lutté contre l'indépendance du peuple francais.

(18) Il est des erreurs tellement accréditées qu'elles sont devenues , pour ainsi dire, des vérités dans le domaine de l'histoire, et sur-tout de la poésie. Le prodige dont il s'agit ici est une fable à laquelle les gens sensés n'ont jamais ajouté foi; mais il suffit qu'il ait le caractere de dogme dans l'islamisme pour que la poésie puisse s'enrichir de cette fiction.

(19) On dira sans doute que les dragons s'écartent un peu de leur route. Le voyage de l'Amour dans la Henriade est mon excuse. Je n'ai peut-être copié que les défauts.

(20) Epimenide.

(21) Ce vers parut enflé il y a trois mois. Je le rétablis. La derniere expédition d'Italie en prouve la justesse.

(22) Jules César, vainqueur des Gaules, passa le Rhin, et porta son armée dans la Pannonie, dont les possessions de l'empereur en Allemagne font partie ; mais il ne put

entièrement soumettre ce peuple sauvage. Tibere fut plus heureux, si l'esclavage des vaincus est un triomphe pour les vainqueurs. Il ne s'arrêta point devant Vienne tremblante: cette gloire étoit réservée à Bonaparte.

(23) Le Pô ou l'Eridan prend sa source en Piémont au pied du mont Viso. Il passe dans le Milanais, et se jette dans la mer Adriatique, sur laquelle est situé Trieste, ville impériale.

(24) On dira peut-être que les possessions de l'empereur ne sont pas l'Allemagne. La poésie justifie cette licence.

(25) En voyant le sort de Venise, qui ne se rappelle les crimes dont elle est punie? A l'instigation de son gouvernement, les Français furent assassinés dans les hôpitaux de Vérone.

(26) Ce qui fait le plus d'honneur à Bonaparte, c'est sa générosité envers le pape. Il pouvoit monter au capitole; il s'arrêta aux portes de Rome. Voilà la véritable grandeur.

(27) Le roi de Sardaigne.

(28) La république Cisalpine.

(29) Il faut prononcer Klebre. J'aurois voulu pouvoir nommer tous les généraux, parceque tous se sont immortalisés. La reconnoissance trouvera dans les autres chants l'occasion d'acquitter une dette sacrée. On me reprochera peut-être d'avoir cité des héros qui n'ont eu aucune part directe à la conquête de l'Italie; mais toutes les armées n'en font qu'une par l'ensemble des opérations et l'union de leurs chefs.

De l'Imprimerie de P. Didot aîné.